侵蚀

梁鸿 著

长篇

百花文艺出版社
天津出版传媒集团

图书在版编目（CIP）数据

侵蚀 / 梁鸿著. -- 天津：百花文艺出版社，
2022.6
（百花中篇小说丛书）
ISBN 978-7-5306-8286-9

Ⅰ. ①侵… Ⅱ. ①梁… Ⅲ. ①中篇小说-中国-当代
Ⅳ. ①I247.5

中国版本图书馆 CIP 数据核字(2022)第 055236 号

侵蚀
QINSHI
梁鸿 著

出 版 人：薛印胜 **选题策划**：汪惠仁
编辑统筹：徐福伟 **责任编辑**：齐红霞
特约编辑：王亚爽 **装帧设计**：任 彦
出版发行：百花文艺出版社
地址：天津市和平区西康路 35 号 **邮编**：300051
电话传真：+86-22-23332651（发行部）
+86-22-23332656（总编室）
+86-22-23332478（邮购部）
网址：http://www.baihuawenyi.com
印刷：山东临沂新华印刷物流集团有限责任公司
开本：700×980 毫米 1/32
字数：45 千字
印张：4
版次：2022 年 6 月第 1 版
印次：2022 年 6 月第 1 次印刷
定价：30.00元

如有印装质量问题，请与山东临沂新华印刷物流集团有限责任公司联系调换
地址：山东省临沂市高新技术产业开发区新华路 1 号
电话：(0539)2925886 邮编：276017

梁鸿 / 作者

作家、学者，现居北京。主要著作有《中国在梁庄》《出梁庄记》《梁光正的光》等。

痛苦也许只是一种强烈的欢乐。

——巴尔扎克

一

他睁开眼睛，差五分早上六点。

头疼得要炸开。脑壳像一层岩石，不管里面的岩浆怎么烧灼，都突破不了那坚硬的一层。他又躺了一会儿，仙芳尖锐的鼾声传到他耳朵里，像一把利器，一点一点凿进他的耳膜。他赶紧从床上爬起来，逃到卫生间里，关上门，打开手机里的音频节目。

郭德纲的声音传了出来。

每天早晨，在郭德纲相声的陪伴下，他在卫生间小便、发呆、洗漱，享受着一天唯一的安静时刻。在郭德纲还没火的时候，他就是他的粉丝。他喜欢他的浑不懔，他觉得那里面透着真智慧。

站在镜子前,他看到的是一个宿醉之人。眼睛里的血丝如无数小蛇,蜿蜒着爬向眼眶四周,眼袋肿得快把整个眼球装进去,整张脸,是死人一样的黄。他打开水龙头,使劲抹脸,又接水漱口。

口腔左边还在疼。他翻起嘴唇,努力把里面的肉翻出来,发现那一片肿得很高,鲜红赤艳。

一丝疼痛慢慢袭来。一条小青虫那样大小的伤口,是他昨天晚上吃进去的那根菠菜的形状。

他从火锅里搛起那根菠菜时,菠菜叶子已经皱成很小的一团,尖端滴着红红的油汁,他未经思考(现在他想到当时自己并不是未经思考, 而是犹豫了那么一下,但好像在瞬间又下定决心),就放进嘴里。菠菜突然就粘到了口腔下腭靠左的那个地方,吞不下去,也吐不出来。滚烫的红油煎着那片软弱薄嫩的肉,吱啦作响,他被煎得张口吐舌,赶紧拿起旁边的冰水喝一口,冰水撞到热油上,又是一阵青烟四起，他感觉那块肉已经被烧肿了，焦了。

他张大嘴巴使劲吸气，拿手朝嘴巴里扇风。仙芳正和身边的人聊得热火朝天，那人和他们是第一次见面，说是某部的局长，与他单位的一把手非常熟。仙芳说这个人是关键人物。关键人物。这些年他跟着仙芳，跟着仙芳的父亲，见了多少关键人物啊。他是一个虚职的正处级调研员。不过，相对于当年小菜农家庭的出身，他已经混得很不错了。

没人注意到他的异常行为。甚至没人看他一眼。他嘴巴再次张大，发出吸溜吸溜的声音。他举起筷子，停顿片刻，若有所思的样子，然后下筷搛起红油锅里的其他食物，塞进嘴里。食物经过那个地方，又是阵阵火烧火燎的疼，他不在乎。反正也没人在乎。

他挪了挪屁股，在马桶上坐稳，打开手机，在搜索页面上输入“食物太烫会不会诱发食管癌”的字条，一下子跳出很多关联词条。他打开第一条“有问必答快速医生”，回答如下：由于黏膜在热刺激不断增生的情况下会增厚，增厚的黏膜受热刺激反应会越来越不敏感，加之食管黏膜的神经反射本来就很迟钝，这样会越来越不怕热，越不怕热会越敢吃烫的东西，而吃得越烫，口腔黏膜会越增厚。如此恶性循环，人会不由自主地接受越来越严重的灼伤刺激。这种刺激带来的损伤还有可能引起久治不愈的食管炎，这种食管炎有时伴有间变细胞，有人提示这有可能是癌前病变之一。

他又打开下面几条，看到这样的字眼：食管癌有明显的家族聚群性特点，如果你的家人有得食管癌或贲门癌的，一定要注意。

家人？他父亲就是贲门癌。胃和贲门那个地方切掉了三分之二，手术前父亲一顿能吃一大海碗面条，体重一百八十斤。手术后父亲用茶碗吃饭，一顿一碗，一米八的个子，不到一百斤。

他的家乡是食管癌高发区。他在脑子里快速回顾一遍，很多亲戚都死于这一病症。

他的舅舅，早在三十年前就去世了。他对他最深的记忆，是他赶着一头老黄牛，在麦子割完后不久，到他家帮忙犁地。那时候他们那一片还是农村，城郊农村，看起来和“城”沾个边，其实和“城”毫无关系，反而因为在城边，地非常非常少。他们一家六口人，总共一亩多地，根本无法维持生活。所以村庄家家都种菜，到城里去卖，所谓“菜农”，换个词，就是“穷人”。

舅舅的喉结很大，吃饭非常慢，能看到喉结在脖颈部位极慢地艰难滑动，好像食道太窄，他只能依靠喉结的重量和庞大体形做开路先锋，食物跟在喉结后面，一点点掘进，最后，到达颈项的最下端，连接胸脯的那个陷窝处，停在那里。舅舅伸着脖子，使劲往下吞，喉结一次次快速翻滚，食物却停在那里，呈小凸起状，始终不肯动。

汗从舅舅的额头上密密渗出，先是小小的颗粒，然后如豆大，在脸颊上到处滚动。舅舅弓着腰，咔咔地咳嗽，一小块东西从喉咙里吐出来，滚到地上。他看见了，是一小块馒头，还带着血丝。他抬眼看一眼舅舅，舅舅正看着他。他看见他的眼神，扭身跑了。

后来，初中上生理卫生课，他摸着自己颈胸前那陷窝处，问老师这地方叫什么，老师瞪了他一眼说，这是两根筋连出来的形态，啥也没有。

他往镜子里张望，颈胸处的陷窝又深了。一阵寒意袭来。他瘦了，不知什么时候又瘦了。很久以前，书梅喜欢摸他的陷窝，趴在他身上在陷窝处亲来亲去。书梅的呼吸呵得他痒痒的，他抱着她的头，想把她挪走，可又使劲往下按。他怕痒，又喜欢这样的痒。

他姑父也是患了食管癌，他记得他在快死时的咒骂声。到最后的日子，姑父的头支不起来了，医生把片子给姑姑看，说，你看，他的两块颈椎骨已经被腐蚀断了，病人都是疼死的。

他打了个冷战，一种不祥的预感袭了上来，癌症正在吞噬他，从他昨晚吃下那片菠菜开始，他的身体就已经被侵蚀了。细胞分裂、变异，直到侵占他身体的每一部分。他看过被取出的肿瘤，看过一些癌变的图片，真的像花朵，被邪恶附体的、妖艳的花。

世上所有的坏事都是从最不起眼、最意外的一个点引起的。这就是所谓的“凶兆”，他坚信这一点。

十个小时前的那片菠菜，像一只青虫，正慢慢吞蚀着口腔里的肉，一直浸到他胸腔最深处，变成病毒蛰伏起来,等着未来的某一天发起反攻。

他听到有隐约的音乐声传进来，是拉威尔的《波莱罗舞曲》。仙芳起床了。这曲子她放了半辈子了,简洁明快的鼓点,不断重复,像行进曲,却并不激昂向上,而是略带一点悲怆。他也爱听。他着迷于这样单调的韵律，着迷于它在单调中产生一种持续、强劲的冲击力,他像沉入古典的梦中,看着一个个人轮番上台,热烈的、阴郁的、高亢的、缓慢的,与命运搏斗及这一搏斗的形态。

如果不是仙芳已经如此热爱,他会比现在更爱这曲子一点。

仙芳爱的不是《波莱罗舞曲》，她爱的是卡拉扬。她收集了所有卡拉扬指挥的曲目,从VCD时代、DVD时代,一直到数码时代。她也收集卡拉扬的私生活信息,他所拥有的私人飞机、跑车,穿的名牌衣服,如何打击异己、提拔密友,如何刚愎自用大权在握，如何在纳粹时期游移不定。她坚决站在卡拉扬的立场上，她不允许别人质疑卡拉扬，不允许有人“非议、诽谤”。她说，这才是粉丝，粉丝绝不允许别人说自己偶像的坏话，偶像大于天。如果晚出生二十年，仙芳就是最狂热的追星族。

仙芳肯定只穿着一条小内裤，裸着身体，绕床快速旋转舞步。她会在写字台那里停住，腿伸起来，齐过头顶，一个芭蕾舞定格姿势，腰间的筋肉随之耸了上去，然后下腰，屁股翘起来，双手扶着写字台，左腿向后上方蹬二十下，右腿向后上方蹬二十下，再直起腰，双手合并，举过头顶，调整呼吸。接着重复两组这样的动作，然后绕床旋转舞步，躺到床上，抬起双腿，空蹬三百下。二十年来，除了刚结婚和生孩子的头几年，仙芳每天早晨听同样的音乐，做同样的动作。

她从来不穿衣服。从来不穿。今天肯定也没穿。

今天不能出错。无论如何不能。他对着镜子，挺直身体，深呼吸。他要保持平静，平静才能稳定，稳定才能正常发挥，正常发挥才有一丝可能。

可能。在想到“可能”二字时，那两个字就像镜中的眼睛，空洞无望。这不只是大事前的担忧，不只是紧张所致的挫败感，而是真实情况。“无望”才是真实的。它已经伴随他度过了将近十年，且越来越清晰。那片菠菜叶子本身就是无望的象征，它紧贴着他，由不得他同意或不同意，由不得他疼还是不疼。

昨夜的酒还在胃里翻腾，他已经吐了那么多次，好像还没吐净，胃沉得像块石头，一直往下坠。

他突然发现，他的脚不能动了。整个身体像僵住了一样，木呆呆的，失去了感觉。他指挥不动身体了。

他又动不了了。

他一阵慌乱。

他努力伸出右手，扶着墙壁，让墙壁作为反作用力，整个身体压过去，伸出左手，打开镜子右边的梳妆台，从中间一层拿出一瓶蓝色的大瓶男士漱口水，仰头连喝三大口。辛辣的液体从口腔进去，流到喉咙，再进到肚子里，在小腹部位慢慢化开，温热清凉，他感到放松了一些。他试着动动脚，感觉脚稍微能够离开地面一点了，他贴近镜子，检查头顶和鬓角的那几绺头发。鬓角发际线好像又往后移了些，刚刚洗脸的时候，只是往头顶捋了一把，手上就一大把头发。也许说“一把”有些夸张，但和他捋过去的力度相比，手掌上的头发着实有些让人触目惊心。他又喝一口“漱口水”，咽了下去。口腔被灼烧的感觉把正在上升的焦虑压了回去，他需要这辣，需要这燃烧。

他把“漱口水”又放回柜子里。柜子里并排放着四瓶漱口水，一模一样。他拿起第四瓶，含了一口，仰起脖子，在口腔里来回搅动着，低头吐了出来。

这三个瓶子他至少用两年了，很少有空的时候，每次刚下到半瓶，他就会到储藏室把它加满。储藏室门后垛着六箱名酒，箱子很旧了，好像从来没有动过，但仔细看的话，可以看出胶带反复被撕开的痕迹。一个有求于他的企业老板知道他喜欢喝这种名酒，多年来一直默默提供。他每次拿到新的，就把一瓶瓶酒放到旧箱子里，让它们保持原样，就好像他从来没喝过。

他站直身体，看着镜中的自己。

头发还没有稀少到尊严尽失的地步，只是发际线往后移了些，反而显得额头更加宽大光亮，颇有点威严之感。他用仙芳的眉笔认真地刷眉毛，一根一根往一起顺，让它们往鬓角上方微微扬起。头发少了，眉毛却多了，末梢几根似乎又长了些。长寿眉。父亲也有这样的眉毛，几根眉毛一直下垂盖住了眼睛，父亲很为得意。可是，父亲才刚过七十岁就去世了。他仔细地往上梳那几根眉毛，他不希望那几根像父亲那样的垂到眼睛上，虽然昭示着长寿，但也不太体面。

这是最后一次了。最后一次述职，最后一次站在那帮人面前，放低姿态，有求于他们。他们是谁？曾经是自己的小跟班，在给部委大领导写稿子的时候，他们都对他毕恭毕敬。经过他确定的思路，经过他改的稿子，大领导才能通过。可现在，他们成局长了，成处长了，他却还在为能有个实职的处级位置而年年述职。

最后一次？他打开柜子，拿出第一瓶“漱口水”，又仰头喝了一大口。已经第六个“最后一次”了，第一次述职时他就这样说。“水”呛到气管里，眼泪被逼了出来。

他打开水龙头，用水扑自己的脸。他必须成功。这样，他就可以帮助书梅了。

他要帮书梅。

二

昨夜似乎已是前世,他只记得那些片段。

他记得自己站到酒店大堂。嘴巴里的伤口一直隐隐作痛,他闻到自己浑身的火锅味,像带着一整个厨房过来。书梅朝他走过来。逆光中的她,显得高大、壮实,背有点驼。她的步履过于缓慢,慢到他想转身逃跑。他后悔来见她,尽管他知道只要她一个电话,他一定会来。十几年了,他想了无数遍,想看看她现在的模样。他口腔里又涌起一股渴望。他用手指甲抠住手心里的肉,他需要一口酒来解决他灼烧般的饥渴。

书梅是让他想起"良心"二字的人。

什么是良心?良心就是你为自己醉酒后的痛哭

找的理由。你爱她，却因为不值一提的世俗原因抛弃了她。你是个卑鄙小人。到最后，你把婚姻不顺、仕途坎坷，把秃头、酗酒都归结为良心的缘故。因为事由太多，良心也就变成借口了。它变成一个暗处的疤，吞噬着所有可能照到你身上的光。

光消失了。

书梅站在他面前。

他一眼就看到她脸上的皱纹。美人迟暮。眼泪又要涌出来，都是因为你，你这个卑鄙小人。他攥紧手，生怕手扬起来抡到自己脸上。有无数次，他在马路牙子上坐着，边哭边扇自己的脸。

他想打开柜子，想再喝几口他的“漱口水”，再喝几口也许就能行动了。他必须得走出卫生间，穿好衣服，拿上装着述职报告的包，去上班。

可刚刚想到书梅的时候，他的手似乎就不能动了。它们麻木不仁，好像和他的身体不是完整的一体。他低下头，想喝一口水。没有酒，水也好，只要是液体，他渴望有东西浇灌他越来越强烈、恶魔一样的饥渴感。

他看到书梅的眼睛。那是一双怯生生的、慌乱又软弱的眼睛，里面还有昔日的泉水，但已经有些混浊了。她没有穿连衣裙，那时候，她一直穿那个牌子叫"播"的连衣裙。"播"，播种、生长、丰盈，他不知道是哪个人想到这个名字，实在是太情色了。"播"的连衣裙都是纯棉、束腰，突出女孩的纯洁、温柔和青春的身体，可因为加上"播"这个名字，就变得性感且风情了。有一次他陪仙芳逛商场，又看到了"播"，他的心揪了一下，假装帮仙芳挑选衣服，在那儿转了又转，被仙芳连声催促走了。

最后一次见书梅已经是二十年前了。

那时，她的腰肢还很柔软，长发仍然顺滑。那是他们分手三年后，他第二次见她。第一次见面是五天前。他打书梅的电话，一打就通了，她没换电话号码。他哭诉自己如何想念她，那些女人如何剥削他的情感，他工作如何艰难，他说他此生最大的错误就是和她分手，他此生唯一的愿望就是和她结婚。他这样说时，想到他们在大学度过的甜蜜时光，想到他提出分手时书梅的隐忍和善解人意，他越发激动，号啕大哭，涕泪横流。电话那边的书梅沉默许久，最后说，那你过来吧。他又一次到书梅家里，享受了她和她的寡妇母亲给他做的豪华大餐。她母亲没有埋怨他，反而像看着迷途知返的儿子一样。她一直把他当亲儿子看，比亲儿子还亲。上大学时到她家里去，她就默许他和她女儿住一个房间。他这样高大、强壮，这样甜言蜜语，又这样潇洒能干，任谁也不会不喜欢他的。分手三年之后，他再次出现在她们的生活里，听他哭诉，听他保证，她们居然又接受了他。寡母一字一句地说，好，以前种种都不再提。你不要再辜负书梅，那样的话，我会和你拼命。那一刹那，他看到寡母眼睛里凌厉的光，可当他的目光迎上去时，那光变得柔和。

她站在楼门口等他，看见他从车里下来，眼睛骤然发亮，像黑金的煤块噼啪燃烧，璀璨灼人。她的长腿弹跳着，鹿一样轻盈，他想象着她连衣裙里面的双乳还是那样饱满，那是他见过的最美丽的乳房（一直到现在）。“你的两乳好像百合花中吃草的小鹿”，他从来没见过小鹿，可他觉得她就是一只鹿，《圣经》里的鹿。她向他走过来，搂住他的胳膊，歪着头问他，还不到星期天，你怎么过来了？她看着他，好像中间不曾有过三年的分离，好像他从来没有抛弃过她。他何德何能，竟然让一个美丽的女孩子如此爱他？泪模糊了双眼，他本能地歪了歪头，垂下眼帘。想到一会儿他将要说的话，他口干舌燥。前一晚上，他转了三个酒场，喝到深夜两点多钟，给朋友打电话打到手机没电。他又陷入了人生困境。他必须做出抉择。他最好的朋友在电话里大骂他不是人，警告他不许再辜负书梅。人家好不容易平静下来，你又去招惹人家，人家的男朋友也吹了，寡妇妈也接受你了，你又要背叛，你还是不是人？那时刻，他坐在马路牙子上，一手攥着酒瓶，对着电话大喊大叫，你不是我，你不知道我有多艰难，你不知道我有多痛苦。书梅是我这辈子唯一的爱，我是没有办法啊。我没有办法啊，你们谁知道我受的苦？

他是城郊菜农的儿子。虽然后来城市扩张，他们的村庄也被纳入了城市中，但是村庄内部仍然是村庄，只是和过去相比更加拥挤，也更加肮脏。每一家都拼命加盖房子，所有能盖房的地方全部变成房子，所有能隔出房间的全部隔成房间，哪怕是自己家的客厅。村庄的空间变得越来越小，越来越阴暗。树没了，坑塘没了，最后，路也没了。那些大包小包的陌生人走进村庄，像走进一座没有出口的地狱迷宫。邻居和邻居之间，父母和子女之间，忽然变成了仇人，为了一丁点地，大打出手，互相谩骂。而他们家，在很长一段时间里，竟然连一个三层小楼的框架都搭不起来。没有一点钱。父亲没有任何音信。母亲和几个外地打工的男人不清不楚，叔叔和伯父时不时上门抓奸，说再胡闹就把他们母子五人赶走。他那时才十四五岁，可也知道叔叔和伯父是想霸占他们的地。他恨那个地方，恨母亲，更恨父亲。他一看到父亲觍着脸享受母亲伺候时的表情，就想把拳头挥到他脸上。

显然，书梅的喜悦使她根本没注意到他脸上的表情和身上的味道。她怎能如此轻易又接纳了他？她应该打他、骂他，把他赶走，他这个负心汉、世俗虫、胆小鬼，他这个爱情的叛徒。可她没有。上个星期他也是喝了酒之后来的，他跪在三年前经常来的客厅，痛哭流涕，哭诉他如何想她，如何后悔，如何没有她就活不下去。他规划以后的生活，他不会再被距离吓住，从A城到B城，无非就是一百公里的距离，他每天都可以回来，更何况，他还有机会把她调到A城。他哭泣的时候，想到那个高傲的女人，那个以为他看中她家庭的女人，她是那么蔑视他。她爱他，却要他绝对服从于她。她爱他，却又要撕毁他的尊严。这是他的底线，他唯一不能忍受的是别人不尊重他。只有书梅纯粹地爱他，她是如此爱他，如此崇拜他，如此温柔可人。谁娶到她谁就是世上最幸运的男人。他觉得他不会再变了，他不会再让自己遭受那女人的凌辱。

可那个女人又跑回来了，自己跑回来了。她听说了他到B城找书梅，她躺在他怀里倾诉，说再也不会拿家庭压他，再也不说房子只是她的房子，她甚至可以去房管处把房子变更为他和她的联名。房子。他需要房子。以他的状况，他十年的工资也不够房子的首付。他本来可以不用这样卑躬屈膝，如果城中村的那片地能等到他长大，他就可以轻轻松松当房东，可以傲视那个被宠坏了的女人，可他父亲把一切都毁了。他需要那个女人的社会关系，她父母在A城带他进出的饭局，凭他自己付出多少年的努力也达不到。爱情算什么？没有经济基础的爱情都是不合时宜的矫揉造作。

半个小时后，他抱着头从房门里逃蹿出来，奔向楼梯口。紧跟着他飞下来的是衬衫、皮鞋、牙刷、剃须刀、男士漱口水（他曾经在这座房里又住过两夜的标志），还有烤面包机、熨斗、松树盆景，都是他送过来的礼物。哗啦啦，流水一样流过他，堆到楼梯拐角处。他不敢回头看，他感到后面锥子一样仇恨和绝望的眼神盯着他。那个日渐衰老的寡妇，她被他的哭泣所感动，像对待归家浪子一样，温柔、充满怜悯地又接纳了他，以为她的女儿终于找到了依靠。谁知道,却仍然是这样一个负心郎。

他飞奔下楼,打开车门,坐到车里。他不敢往六楼的窗户看。上一次,还有三年前的好多次,书梅都在那里等着和他挥手再见。他掩面趴在方向盘上,眼泪顺着指缝不停地流,心脏像被针扎,一下一下地疼。他呼吸困难,几乎要晕厥过去。他瘫坐在车里,动弹不得。

那是他第一次浑身麻痹,知觉丧失。那是他第一次意识到,在那样的时刻,他必须喝酒才能恢复过来。

书梅也看到了他。

他扫过她的身体。他无法形容,穿着“播”牌连衣裙的书梅是那么羞涩,让人心动,尽管当时她已经无数次在他面前打开身体。现在,隔着职业套裙的衣服，他能够感受到她的乳房被束缚的情况,能感受到松弛、臃肿的气息。她肯定不锻炼身体。仙芳身上的肌肉非常结实，向上的、年轻的状态，每天早晨和晚上绕床跳舞还是有很大的功效。他们一星期一次，仙芳旺盛的需求让他难以招架，他气喘吁吁，手指和腿都酸痛难耐，仙芳却刚刚进入状态。到最后，仙芳索性翻身上来，自己行动。他躺在那里，任仙芳蹂躏，想着自己悲凉的一生。

他不喜欢书梅脸上脆弱的神情。她有求于他，他们昔日的感情如同一个砝码，她想用这砝码达到目的。

咱们到那边去吧？

他指着大堂左侧的那个小茶室。

她看看小茶室里满满的人，说，不然，到我房间坐吧。我还有东西想让你看。

她盯着他，好像还是以前那个事事依赖他的小姑娘。

那，好吧。

他挺直腰，和她一起往楼梯那边走。他的饥渴感少了一点。她身上套裙的质量并不差，很好地包住她变得有些扁平的屁股，裙子里面穿黑色丝袜的腿依然修长，隐约透露着昔日的轻盈。

她打开门让他进屋，自己加快步子跑到床边，收拾凌乱的被子、枕头，还有搭在床边的睡衣。一件杏白色的丝质长裙，他第一次到北京参加全国青年大学生联谊会时给她买的。那时的他，风头无两。

她居然还穿着。

她把裙子叠起来放到枕头边，又把被子扯过来搭在上边。

房间内只有一张床、一张桌子和一把椅子，狭长、窄小，椅子拉开就挡住过道和床尾的一部分。快捷酒店的小房间都是这样的布置，不浪费一点空间。他拉开椅子，把自己塞进去。他看到桌子上的一个文件夹，想来这就是她要他看的东西了。

关于她儿子的一切。

他突然闪过一念，又赶紧摇了摇头。可想到这些，器官竟然莫名跳动了一下，他想起他们紧紧拥在一起的身体，她的乳房压在他胸脯上，浑圆的、温热的触动。那时他以为肉体就是肉体，哪个女子都一样。

她坐在床尾，和他几乎腿碰腿。她俯身给他翻儿子的资料。她说，儿子才初中三年级，正值青春期，她不能让他没有妈妈。她丈夫有暴力倾向，他的新女友已经怀孕，根本没时间照顾她的孩子。如果她拿不到监护权，她就见不到孩子了，她丈夫要带他去国外上学。

她的发丝飘到他脖子上，气息吐在他手上，一丝丝幽香传到他鼻子里。他想转身抱住她，想把舌头伸进她的口腔里，想闻闻里面是否还是敌敌畏的苦甜味道。他认定她口腔里的味道是敌敌畏的味道。很小的时候，他的婶婶和叔叔吵架，喝了一瓶敌敌畏自杀去世。从那以后，敌敌畏作为一种既让人恐惧又充满诱惑的东西留存在他心里。第一次和书梅亲嘴，那一瞬间他想到的就是敌敌畏，甜极了，又有一丝丝的苦涩，那苦涩浸到人心里面，让人致命，却又不断渴望。书梅的嘴唇厚厚的，两颊鼓得满满的，他一碰到，柔软的嘴唇就微微张开，气息扑进他口中，潮湿的、甜软的气息，他在那里面耕耘、徘徊，他被这既苦又甜、既干燥又潮湿的味道弄得晕头转向，他想一辈子沉浸其中。当时他想的就是一辈子，他没想过一辈子是多长。

他喝了一口茶。滚烫的茶水流过口腔里的伤口，疼得他呀一声叫了出来。他嘴巴大张，茶流了出来，洒到衣服上。

书梅哎哟一声，连声说，对不起，对不起，烫到你了。

她拿过茶杯要去重新换茶。他说，不用了，就是晚上吃饭，嘴烫着了。

那肯定是烫烂了，我来看……

书梅放下茶杯，边说边要去看他的嘴，可话还没说完，她就意识到了什么，转过身，拿着茶杯走了。

他闭上嘴巴，又去翻材料。

书梅并没有上班，结婚怀孕后就做了全职主妇。她丈夫是小有成就的企业家，又是当地政协委员。无论是金钱还是舆论，她都不占优势。他不知道她嫁给了一个逐利的商人，一个蛮横的土财主，他看着照片上那男人的照片，这样形象的男人是书梅最讨厌的啊。他们在街上玩耍时，书梅曾指着一个梳大背头、头发油光锃亮的男人笑着说，将来你要是变成这样子，我就不要你了。最后一次分手后，他屏蔽了所有她的消息。

他一边翻看资料，里面有书梅收集的她丈夫和女朋友在一起的照片，有女方怀孕挺肚的照片，有偷税漏税、做假账转移资金的材料，有证明他们婚后共同财产的材料，一边想着要怎么跟她说。他心里很清楚，这些根本不足以支撑书梅要到该要的财产，更不足以支撑她要到孩子。

他抬眼看她，看到她祈望的眼神。

他咽了下唾沫，说，这可能有点难。你知道的，有钱，又有势。

是。可我是孩子妈妈，按法律应该优先给我。

道理是对的，可哪有道理？

那我也不是没钱到养不起孩子的地步啊，老太太留有两处房子，我自己还可以再去上班。

她变得激昂，可说到一半，声音低了下去，脊背也塌了下去。

他踌躇片刻，说，可以再研究下他偷税漏税的材料。

她盯着他，直到他看她，她说，我只能靠你了，你想想办法。需要钱的话，我把老太太的一套房子卖了。

老太太，走了？

走两年了。

她开始用手去擦拭眼泪。

他想起那从楼梯上滚下的锅碗瓢盆，想起老太太倔强仇恨的眼神，那么护着女儿的人，竟没给女儿争来最基本的周全。

他伸出手，想去拍她的肩膀，犹豫了一下，又收回来。

她站起来，拿起桌子上的水杯，说，我给你添茶吧。

回转身的时候，她的脚碰到了墙角的黑箱子

上,把箱子的软盖踢开了。他看到箱子一角放着几个小小的四方形朱红色首饰盒,中间是几条黄鹤楼烟,另一角是一些茶叶。

她并不是只拜访他一个人。她来到京城,要找很多人,找他,只是顺便。他一阵口渴,如果那时刻有“漱口水”,他会毫不犹豫地喝几大口。

你是什么时候来的?他问。

今早到的。到了就给你打电话了。

是,她是早晨给他打的电话。他才刚刚走到办公室,坐下修改他的述职报告。

昨晚坐的硬卧,中间铺,一夜没睡好,回来又补了个觉,刚才去吃了饭。

和过去一样,他事无巨细地问,她事无巨细地汇报。

又是一阵悸动,他感觉到器官在微微颤抖,不自觉地朝床上看了一眼。床一边整洁光滑,另一边有些凌乱,被子的褶皱只一个人形那么宽,拘谨,却又似乎带着温度,带着肉体的软香。他想趴到那褶皱上面,紧紧压住,抱住她,安慰她。他心痛起来,他嫉妒她要见的人。

那你来还有其他人要见吗?他尽量装作随口问问。

没,这边认识的几个人都是他的生意伙伴,和我也没啥关系。

她端着杯子走过来,走到他身边。

你知道吗?我妈也去世了,就是咱们分手的那一年……他突然哽咽起来,捂住嘴,弯下腰,努力不让自己哭出声。

书梅在他身边坐下,手轻轻拍着他的背。

她蹲了下来,仰着头,用纸巾仔细擦他脸上的泪。她把他的手轻轻掰开,擦他手上的泪。她以前也是这样,她从来不怪他,也不阻止他。他做什么事,说什么话，她都从不质疑，心甘情愿地伺候他。他怎么就蠢到不要她呢？他一阵阵心疼。

他俯下身子，嘴巴碰到她的嘴唇。她嘴里是牙膏的味道，清新、酸涩，看来她下去见他之前刷牙了。他的舌头往里面掘进，他想品尝里面的味道，想再次闻到敌敌畏的气息。他太想念它了，他渴望再喝到这甜蜜的毒药，他渴望毒死他，永远不再醒过来，就像他每次喝酒一样。

书梅的嘴微微张开，她闭上眼睛。他抱住她的肩膀，他梦想中的单薄、柔软的肩膀。他最喜欢紧紧箍住她，把她箍到自己身体里、心里。她的肩膀僵硬、厚实，他的舌头在她口腔里来回搅动，一丝微微的酸腐味隐在牙膏味后面，年龄的味道，衰老的味道。他嘴唇后撤，睁开眼睛看她。她的头仰得很高，眼睛闭着，桌子上的灯光照在她脸上，她像一个受难的、即将殉道的修女，虽然享受，却并不是全然自愿。

书梅睁开眼睛,他看到她吃惊、恐惧的眼神,就好像她看到熟悉的场景即将到来,虽然明知一定会如此,却仍然觉得不可思议。

他松开双手,站了起来。

书梅也赶紧站起来,说,我知道,我从来没怪过你。

饥渴感升到喉咙的位置。

我得走了。事情我琢磨一下,应该不是没余地。

好的,我明白。

但还是要做好打持久战的准备,你心理上不能垮掉。

好的。

他打开门。

我送你下去吧。

书梅站在他身后,一米七左右的大个子,可在他面前，她还像当年的那个小姑娘，信任他，依赖他。他一定得帮她把孩子要回来，他得让她有所依托。

哦，对了。她又急急地往房间里走，她锁好箱子，推到他面前，说，这里有我一些首饰，还有烟和茶，你看送给谁。你也得找人去说。

他的眼泪又要流下来。他一手推门，另一只手把箱子杆塞回她手里，说，这些你收好。我会尽力，你放心。

还有资料。她又急急地回屋里，到桌子上拿材料。

不用了。

他关上门。几乎是跑一般地，往电梯那边走。

门又开了。他听到快步走的声音。

电梯门开了，他跨进电梯。书梅跑到了电梯前，看着他。

电梯门关上了。

他紧紧攥着手,盯着电梯上数字的变化。他的手一直抖个不停,再多一分、一秒,他就熬不过去了。下了电梯,他直奔大堂右边的商务中心。来的时候他就看见了。在寻找书梅身影时,他看见了,并且踱过去研究了一下,那里有酒。这会儿他明白,他是早已给自己留好退路了。不管怎样,他都要喝。

他拿到酒,拧开瓶盖,避过服务员的视线,喝了一大口,心里灼烧的感觉减弱了一些。他定了一下神,朝酒店外走去。

冷风扑面,他打了一个寒战。天色灰黑暗淡,路灯在风中瑟缩,光被浓重的寒气阻挡,无法散发出去,凝成一个个可怜的光晕。

他回头望向酒店,窗户里面灯火辉煌,好像一场梦。他觉得书梅还在窗户那边看他,他扭转身,朝酒店后面快步走去。

林荫道的长椅上落了厚厚一层树叶，风吹过，树叶一层层被卷走。树上又往下落，又是一层。天很黑，没有一丝云彩，月亮清冷明澈，斜在东边的半天上。偶尔一两个行人从他面前走过，都缩着脖子裹紧衣服。没人看他一眼。没有一个人。

童年时候他和小伙伴也是在这样的清夜下玩游戏，十个人分成两组，相隔二十米左右，手拉手站着，每次各选一个人朝对方撞去，没撞开的那个人就得留下，撞开对方的就领走一个人。他总是被留下的那个人。每次还正玩得出汗的时候，妈就来了，非要领他回家，说天气太冷，万一感冒怎么办。他从来没感冒过，他想和小伙伴们一起玩。回到家里，妈让他站在堂屋，拿出家法，一根结实的楝树棍子，让他伸出手，一下一下打他，边打边说，记住了没？以后不准和他们在一起玩，你爹都不要咱们了，你也不给妈争气。妈边说边哭，边哭边打，楝树条把他的手心都打肿了，他哭着给妈下跪，说下次再也不敢了，他一定要考第一。他在小学没考过多少次第一，小伙伴们喊他的时候，他总是忍不住就出去了，所以他的手经常肿着。妈嘴里那个忘恩负义的东西从来没回来看过他们，也没给他们寄过钱。直到考上大学之后，他才第一次见到父亲。父亲老了，不再有女人愿意跟父亲了，就回来了。妈竟然欢天喜地，走路都低眉顺眼的。

他又喝了几口酒，冰凉的液体进到肚子里瞬间发热，腹部像有一小簇火烧着，暖和极了。他热爱这种感觉。眼泪又流了出来，要是童年时候也有这样一团火多好啊。妈把一切原因都归到他身上，让他一直以为都是他的错。到父亲回来那一天，他才明白不是他的错，是那个男人的错。因为那个男人，他从来没有享受过来自母亲的关爱。

那一簇火烧得他浑身软弱，盔甲丧失。他倒在长椅上，连喝几口酒，想让那冰凉的酒水把那簇火浇灭，可酒水刚进肚，就哗一下燃烧起来，火更旺了。他敞开夹克，捂住脸，啊啊地哭起来。

风呜呜刮着，带着哨声。路灯的光越发暗了，高楼上的灯一个个熄灭，月亮冷冷地看着他。他一个人坐在这大马路上，无处可去。他摸出手机，拨出一个电话号码。

只有一个朋友在半夜还会接他的电话。那个朋友，见证了他和书梅谈恋爱，见证了他和书梅一次次分手、和好、再分手，见证了他一次次地街头烂醉。

电话接通了。

又咋了？那边是被突然惊到而压低的声音。

你知道吗？他说着，又呜咽起来，我不行了，我没有能力了。

他吃了一惊，不知道自己怎么说出这些话。它们好像一直隐藏在嘴边，只等着放开闸口，一泻千里。

那边沉默。

我他妈早不行了，我还没进去就已经出来了。仙芳为啥不和我离婚?为啥?我是个坏人,坏透顶的坏人。她为啥不和我离？都是她害了我啊。

你又喝了多少?

那边的声音非常明晰,似乎早已知道他在做的事情。

十年前我就不行了,我一碰到仙芳就不行。我不能碰她,你看着她娇小圆润,可一脱衣服,浑身像干柴一样,都是筋。她每天脱光衣服在我眼前晃,她这是干啥?她成心在恶心我。成心地,她要把我逼疯。

他又连喝几口酒,咕咚咕咚,凉快极了。

我问你,你的述职报告写完了吗?

我啥都不要了。我要离婚,我要走。她不走,我走。他们早抛弃我了,他们让我述职,只是为了安慰我,每年都让我像小丑一样,把我耍一番,他们就是存心看我的笑话。仙芳也看我笑话。她像死猪一样,躺在床上,看着我软绵绵的。谁他妈的看见她那身体还有心思?

你控制下,赶紧回家。过了明天再说。

我心里难受。你不是我,你不知道我经历了啥,我想起过去,恨不得一头撞死。

他捶着胸口,向电话里喊着,又喝了几口。

你是不是见书梅了?我告诉你,你别再招惹她。你能帮,帮她,帮不了就好好让人家走,别再干坏良心的事了。

他又喝几口酒,说,我是见了书梅,见了她我才知道我还行。你知不知道?我还行,我肯定可以。

你在哪儿?是不是还在书梅住的酒店?你在那儿别动,我和仙芳马上过去。

朋友那边捂着手机，过了一会儿，又对着手机说，你在大堂坐着，我去接仙芳，再过去接你。

书梅要离婚了，我明天就和仙芳离婚，净身出户。我要帮书梅，要让她过上好日子。

别说这没用的话。人家仙芳也不错，嫁给你够倒霉了。多好的日子，你非要过成这样，人家怨你没有？

你不知道，你他妈啥也不知道。

眼泪顺着他脸哗哗往下流，他用手胡乱抹着，在大风中嘶叫。他只觉得心里空得厉害，心脏没了，五脏六腑都没了。可心没了，疼从哪里来的？

别再为升职的事情纠结。只管认真述职，决定是别人的事情。当个官有那么容易吗？你自己身在其中，啥不清楚？以咱们的出身，你混到现在已经很不错了。出去有人尊重，把你供得像大爷一样，你还想要啥？

咱们？没有咱们。你顺风顺水，老婆孩子热炕头，我有啥？我他妈还得听那些小杂碎指挥我！

一辆公交车从路上驶过去，叮叮咣咣。车里面坐着一排排人，低着头，一脸漠然，逆来顺受的样子，像是要被拉到墓地。活着究竟有何意义？拼死工作，种种不如意，然后，坐着车奔向死亡。他从十几岁就开始想这个问题，将近五十岁了，依然想不明白。

酒已经快见底了。他心里一阵慌乱，手不自觉又抖起来。

你坐那儿别动，哪儿也别去，酒也别喝了，我们这就过去。你这个自恋狂，自恋自爱，世上比你可怜的人多着呢，你非要做一个可怜鬼。

朋友还在电话里骂他。他需要这骂声，在这骂声中他才能确定自己，确定自己就是一个可怜鬼，确定自己因为可怜而喝酒。他和那朋友的关系，就像郭德纲和于谦的关系，一个逗哏，一个捧哏，谁都知道对方说的是废话，但又乐此不疲。十几年来，他靠这个羞辱自己，也靠这个更无耻地活下来。

有时候，说真话并不起真话的作用。它们只是用来自嘲，或者，它们是一剂声东击西的汤药，用真实喂养日常的虚假，使虚假更加繁荣，也更加心安理得。

三

他从长椅上站起来，沿着路往前走。总有一些小店不关门，它们是他在冬天的夜里唯一的安慰。

路越来越窄，两旁出现高大的灰色围墙，进入住宅区了。围墙上面是一幅幅图，一个穿长袍的仙风道骨的古人，旁边是毛笔写的相关事迹，每幅图都配有一盏小灯。他一个个念过去。

法——鲁相嗜鱼。公孙仪是鲁国的宰相，特别喜欢吃鱼，全国的人都争相买鱼来献给他，公孙仪先生却不接受。弟子问他为什么，他回答说，正因为我爱吃鱼，我才不接受。假如我收了别人献来的鱼，一定会有迁就他们的表现；有迁就他们的表现,就会歪曲和破坏法律;歪曲和破坏法律就会被罢免相位。我不收他们的鱼,就可以保住相位,也可以自己长期供给自己鱼。

孝——彩衣娱亲。春秋时期,楚国隐士老莱子非常孝顺父母,想尽一切办法讨父母的欢心,使他们健康长寿。他七十岁时父母还健在,为了不让父母见他有白发而伤感,他做了一套五彩斑斓的衣服穿在身上,走路时装成小儿跳舞的样子使父母高兴,以尽孝道。

礼——孔融让梨。孔融四岁的时候,常常和哥哥一块吃梨。每次,孔融总是拿一个最小的梨子。有一次,爸爸看见了,问道,你为什么总是拿小的而不拿大的呢?孔融说,我是弟弟,年龄最小,应该吃小的,大的还是让给哥哥吃吧!孔融小小年纪就懂得兄弟姐妹间相互礼让、相互帮助、团结友爱的道理,使全家人都感到惊喜。从此,孔融让梨的故事也就流传千载，成为团结友爱的典范。

仁……

义……

…………

在一行行的“仁义礼智信”“法孝智德全”的典籍故事中，一个四方规整用水墨画成的方框里，写着“××社区文化墙之传统文化篇”，上面是祥云缭绕，下面是梅兰竹菊。

狗屁。狗屁。

他找到一块小石头，对着那些字又戳又划，灰白色的墙皮大块往下落。

围墙拐弯处，是小区的大门。大门正中间的玻璃小房间里，坐着一个保安，四五十岁的样子。

哥们儿，有酒没有？他趋过去，推开窗户，把酒瓶子扬起来。

那保安正低头专心看手机，突然间听到声音，扔掉手中的手机，就去压按钮，车辆栏杆升了上去。

有酒没？我两百元买下来。他从钱包里掏出钱，朝保安晃晃。

保安白了他一眼，降下栏杆，把手机支到保温杯上，继续看节目。

哥们儿，有没有酒？你肯定有的。三百元，换瓶酒，怎么样？

没有。保安斜过身子，推上窗玻璃，说，你往前走一百米，左转，再走一百多米，有小卖部，那里面有。不过，看你也喝得差不多了，赶紧回家吧。

那就把这喝了。他又拉开窗户，对保安说，来，喝一口。

保安把酒瓶推了出来，说，我上班呢。

他把酒瓶又推过去，说，大哥，陪我喝一口，都是可怜人。

保安笑了，四处看看，摸出一个保温杯，递了出来。他接过来，闻了闻，也是酒味。

你这样的人不少。保安说，经常有人半夜过来，有的醉醺醺的，根本找不着回家的路，有的是不想回家，有的害怕回家，还有人说就想找个人说说话。

他倒了半杯酒，递给保安，举起酒瓶，大声说，我们干了这杯！

保安和他碰了碰杯，笑眯眯地看着他，说，你是咋了？看你这样子，咋说也是个国家干部吧，有吃有喝，还愁啥？

不愁，就是心里闷。你知不知道，我不行了。隔着窗户，他凑到保安旁边，低声说，我不行了，我早就不行了。不是我不行，是看见我老婆就不行。

保安看着他，表情尴尬，不知道该怎么接话。

他又喝了一大口，说，没事，不行就不行，也落得清静。

保安也喝了一大口，说，你是不行，我是一年连老婆都见不到几次。行又咋？也没用。

那春节回家总得有几次吧？

保安呵呵笑了起来，喝了一口酒，俯下身子，和他碰了一下，说，喝一个。你这不算啥，之前有个人说自己是啥上市公司的老总，孩子都是别人的，又咋办？他说他自己早就查过了，精子存活率很低，不可能有小孩。那天他也是和你一样，半夜走到我这里，哭得不像样子，说那天上午老婆告诉他又怀二胎了。我说，你看，你也需要个孩子来继承你家业，你这现成的孩子，别人也不会怀疑，你将错就错，把孩子当亲的养，不也正好吗？

他狠狠地点着头，又喝两口，说，老哥，你不知道，我不如人家啊。我不光是那不行，我啥都不行。

他想起书梅，想起明天要进行的述职汇报，他浑身瘫软，感觉手脚像被捆住一样，动弹不得。

无非就是升官发财难，你光想不如意的，那就肯定不好。人生都有好有坏，想开点啥都好了。

不是的，老哥，你不知道，不是为这。

那到底为啥？

他说不清楚。他只觉得天黑得太彻底，他没办法捅出个洞来。他看着条条大路，却没一条路是他能够走下去的。他觉得他像溺在水里，虽然水浅得连腰都没到，但他就是爬不出来。

你看，其实也不为啥。

巴格达迪死了。他低声嘟囔着。

啥？谁死了？保安没听见，俯过身子，把耳朵侧了起来。

哈哈，没谁。他仰头又喝了一大口。

听我一句劝。保安说，人啊，有啥吃啥，有啥穿啥，别妄想太多，一切就都好了。你看我，半夜就着风守大门，一个月两千元，连你们的零头都不到，一年见不到老婆孩子几面，不也活过来了？

像突然得到一束光，他脑子一激灵。是啊，要是他能简单点，喜欢书梅就和书梅结婚，喜欢恬淡就不妄想，离了就离了，一切是不是会好点？

要是一切这么简单就好了，老哥。他又喝了一大口酒。他说话只是为了要喝酒，他悲伤也是为喝酒，他想书梅还是为喝酒，他是个不折不扣的酒鬼。他应该把酒瓶扔了，把漱口水瓶子扔了，他应该到戒酒所去，他应该做的太多了。

大哥，谢谢你陪我喝酒。趁还能行，赶紧回家找老婆去，啊？别在这儿虚度光阴。

保安笑得合不上口，回啥啊？回一天少一天的钱。待这儿挺好，省得她天天念叨我。

他攥着空酒瓶，去找传说中的小卖部。他回身看小房子里的保安。那保安像入定了一样，袖着手，正透过玻璃看他。

父亲的眼睛，隔着千山万水，偶然瞥见了他。他以前从来没想过这样的场景。

最后一次见父亲，是父亲来省城找他。父亲头发花白，坐在他的单身宿舍里，闷着头，一声不吭。他好像非常疲乏的样子，像一个人一直被猎狗追着，惶惶不安，却也习惯了，眉宇间有逆来顺受之气。他说一个老伙伴在南方给他找个看大门的事做，距离远了，以后回来就难了，让他跟他母亲说一下。他问父亲为什么不自己说，父亲说怕他说了她追过来，闹得大家都难堪。他很奇怪，母亲并不是一个丑女人，在村里，甚至可以称得上漂亮。她孝敬公婆，爱丈夫爱到放弃自我的地步，可父亲却一直在逃。他记得他看着父亲的花白头发，只觉得人生丑陋不堪。

他在大学读书时，每次学期还未过半，母亲就写信来，叮嘱他一放假就马上回家。家里活太多，楼道、房间都需要打扫，父亲一个人做会太累。他们终于盖起了三层小楼，二层、三层隔出很多小单间，每间房都放几张上下铺的床，母亲按床位收钱，说这比整租给别人要赚钱。母亲精神百倍，每天最大的任务就是伺候父亲。母亲在屋里出出进进，忙着打扫卫生、收租做饭。她一边忙碌，一边拿眼睛盯着父亲，父亲杯子的茶刚喝空，她就刚好走过去，倒满，然后又继续忙。父亲刚想起身，母亲就递给他一顶草帽，她尽量做到刚好路过，碰巧为之，以防父亲皱起眉头。他们两人之间的气息沉默、黏稠，母亲就像一只蜘蛛，一点点吐出细丝，伸向所有的方向，把人缠在里面。

父亲嗜赌。随着房租的增多，他赌得越来越大。母亲把每天收到的钱奉到他面前，看着他揣到口袋里，走出家门。晚上回来，口袋空着。第二天，母亲又把新收到的钱再次奉上。在他大学快毕业的时候,在一次赌局中,父亲把那栋三层小楼输给了别人。对方好心,免费让他们住在一层最角落的两间房里。就这样,他们一家又回到了原点。他的弟弟妹妹们一成年就离开了家,一离开家,就和他一样,再也不回去。

他沿着街道继续往前走,边走边喝,边喝边哭。书梅,书梅,不是你不好,是我怕我受不了你的好。他像是第一次醒悟过来,不是他愧对书梅,而是害怕他未来愧对书梅。他害怕自己像父亲一样抛弃书梅。他逃避书梅,就像父亲逃避母亲。

鬼话,鬼话连篇。他扇着自己的脸,又喝了几口酒。你就是个势利小人,你别再给自己找理由了。他举起酒瓶,咕咚咕咚,一口气把酒喝完,啪的一声,把酒瓶摔到墙角。

他发现自己站在小卖部前面。胖胖的店主对

着一台小电视,正津津有味地看。店主看见有人进来，身体微微动一下，拿出一瓶北京二锅头推向他,眼睛没离开电视。

他抹着眼泪,扑哧一下笑了。

你咋知道我喝二锅头？再来一瓶吧。

店主抬眼看了他一下,没有应他,又拿出一瓶二锅头放在玻璃柜台上,继续看电视。电视上花花绿绿的色彩映在他脸上。他跟着电视里的内容,一会儿哎——一会儿咦——声调上扬,带着调侃、起哄,还有溺宠和喜爱。那是德云社观众特有的回应声。

他把一瓶装进裤兜里,咬开另一瓶的瓶盖,喝一口,探着身子,凑过去看电视上的节目。

郭德纲啊?《欢乐喜剧人》? 这个节目做得一般般。

店主没有搭话。

你说郭德纲要好好说相声，那就是把传统文化发扬光大，现在天天上综艺节目，可惜这么一个人才了。

店主站起来，折叠的肚子哗啦一下掉下来，他看见店主肚子的正中央文着一个青色的郭德纲头像。是铁“纲”粉。

店主把放在桌子上的钱收回抽屉，说，买完了赶紧走，我关门了。

我也是郭德纲粉丝，不信，你考考我，郭德纲的相声段子我都知道。他在民间之所以受欢迎不只是他相声说得好，主要是他在喜笑怒骂中给大家留了一片自由开阔地。

店主盯着他，似笑非笑，突然扬起手，指着他说，信不信我抽你，赶紧滚。

不是，我是研究郭德纲的，我硕士论文研究的就是大众文化传媒和民间思想的关系，那时候郭德纲还没出现呢。

显摆你有个硕士文凭？店主瞪着眼说，赶紧滚,还让不让人看电视了？

店主瞪着那双香港古惑仔的眼睛，绕到柜台的一边,胖胖的身躯弯下去,努力从柜台下面的洞里钻出来。

他赶紧往外走,退出小卖部,看到店主还在那个柜台下面拼命往外挤，哈哈大笑起来，连跑几步,举起瓶子一连灌了几大口。

他是硕士。那些词他还没忘,他以为都忘干净了。“硕士”,仙芳父亲带他出去喝酒的那几年,这头衔用得非常勤,听到的人们总是啊的一声,肃然起敬的样子,酒至半酣,就变为暧昧不清的调侃和逼迫他喝酒的说辞了。

大街空荡,风把天空刮得干干净净,天黑得像在砚台里洗过,月亮悬在这大黑天上,看着他,也微微嘲讽的样子。人行道上的砖一块一块，暗红微白，纹理清晰无比，路边的月季枝条也一根根朝他晃着，他能看到上面的刺，那刺一点点膨胀，排列成阵，朝他扑过来。他晃晃头，揉揉眼睛，趴到地上，仔细研究一块块的砖。砖缝里有虫子突然睁开眼睛，狠狠地朝他瞪过来。他赶紧举起酒瓶，咕咚咕咚，这一瓶没了。他把空酒瓶栽到月季丛里。

他使劲挪动身体，却怎么也动不了。他浑身又麻又痒，虫子一只接一只爬进他的裤脚，沿着腿，往屁股、腹部、胸脯上爬。他撕扯着自己，外套、毛衣、衬衫一件件扒落，光着脊梁在地上翻滚，啊啊叫着。虫子往他身体内部扎去，皮肤、肌肉、血液、骨头，一层层进去，钻心蚀骨。

他听到有脚步声过来，他伸出手，朝那边叫道，救救我，快救救我。

他看到两双脚。一双脚穿着白色名牌球鞋，另一双脚穿着小皮靴。他们停在他面前，弯下腰看着他。

他听见一个女生的声音说，是不是神经病啊？赶紧走吧。她的声音颤抖。

男生回答，一个醉汉。

那男生低头看他，又马上抬起来，说，真恶心，浑身酒味。

他抓住他们的脚，大声喊着，救救我，救救我，有虫子咬我。

女生使劲往外挣，脚踢打在他脸上，嘴里发出恐怖的叫声。

他松开手，指着自己的胳膊，大声喊着，你看，你们看，虫子，它们都进到我身子里了。

那男生拖着他的胳膊，把他拖到另一边，然后拉着女生，快步往前走。

他爬起来，靠到人行道边的墙上，说，别走，我有话对你们说。很重要的话。

那对情侣停下脚步,扭过头,看着他。

他掏出裤兜里的那瓶酒,咬开瓶盖,喝一口酒,朝他们招手。

永远不要放开对方的手,否则,就会像我一样躺在阴沟里。

情侣互相望了一眼,手握紧了一些。

太可怕了,世界末日到了,她一声不响站起来,把内裤穿上,那黑色丛林在丝质面料下隐隐闪光,乳罩穿上,乳房像被塞进牛栏,把裤子、上衣穿上,拉开门,走了。

流氓!

女生回过身,拉着男生要走。

这是一首诗。他仰头看天,朝月亮呸了一下,说,你们只知道“想起一生中后悔的事,梅花便落满了南山”,不知道还有“凌晨三四点钟,他打来电话，说，世界塌陷了”。这也是诗，将来你们就知道了，后面的诗才是诗。诗就是真，真才是诗。

他嘿嘿笑着，又对着酒瓶喝了一大口，说，别信我刚说的话，你们现在就分手，不要相信只要携手共进前途一定光明之类的屁话，只有贫贱夫妻百事哀。

那男生挣脱开女生的手，气冲冲地奔回来，弯腰抓住他的衣领，扬起了拳头。

打啊，打下来啊。他渴望有人打他一顿，把他打醒，让他爬起来回家。

你要好好伺候她。他低声对那男生说。

那男生扬起拳头，狠狠地敲在他后脑勺儿上。他感受到中指的顶劲，是个练家子，打人不留痕。

你不要恭敬她，不要顺从她。你一恭敬，一顺从，她就会离开你。

又是几拳落在他肚子上。他耳朵一阵阵嗡嗡

响，头顶上的月亮晃起来。他打了一个又一个寒战，身上的虫子抖落在地上，他感觉身上清爽了很多。

走吧，走吧，别管他了。那女生在远处叫男生。

别走。求你了，去给我买瓶酒吧。我给你两百元。

他掏出钱包，想拿出里面的钱，手却哆哆嗦嗦，无法取出。

男生看着他的钱包。钱包里厚厚的一整沓钱，是前几天他在单位报销的钱。

男生一边盯着他的钱包，一边朝女生招手。男生朝女生示意，让女生看。

他们两个人看了一会儿钱包，没有对视，没有商量，男生闪电般伸出双手，一把攥住他的两只胳膊，钳子一样。他的骨头被钳住了，他疼得啊啊直叫。女生伸手去取他的钱包，他紧紧捏住，女生双手齐上，把他的指头一一掰开，取出钱包里面的钱，塞到自己随身带的小包里。她把钱包递到男生手里，男生的胳膊划过一个弧度，钱包被扔进了人行道后面的绿化带里。

两个人手拉手，飞快地跑了。

他侧耳听到踢踢踏踏的声音越来越远，拐弯，又往前走，然后就听不见了。

世界又静了下来。静得他能听见瓶中酒泛起的气泡声，能听到他抖落在地的虫子的尖叫声。

月亮西沉到高楼边缘，凄惨暗淡。他不想看夜半的月亮，有太过清晰的衰败痕迹。

并非偷窃者是恶魔之子。那被偷者其实是引诱者。就像一个游戏，他一步步设下陷阱，搔首弄姿，恶意挑逗，让对方掉入圈套。上帝考验该隐，撒旦考验浮士德，不就是这样吗？掉入是一种必然，谁也逃不过。只是，这对情侣掉得未免太快了，这让他有点索然无味。

他把衣服捡起来穿上，看了看瓶中的酒，焦虑又上升起来。已经空了半瓶。他受不了空荡荡。空荡荡的身体——仙芳几十年如一日地在床头裸身跳舞所追求的效果。空荡荡的家——仙芳一寸一寸收拾出的整洁山河。空荡荡的桌子——空无一物，学习、阅读、研究都是徒劳。他因这空荡而伤感，因这伤感而恐慌。

他又喝了一口酒，抹一把眼角浸出的泪。他试着走动几步，爬到后面的绿化带里去找钱包。空荡荡的钱包。刚才那男生打的几拳还留在皮肤上，持续烧灼，和着他小腹内的燃烧，他觉得浑身暖洋洋的。他想唱，想跳。他就是要跳，要唱，他要把书梅喊出来，去跳迪斯科。书梅的腰肢多软啊，她弯下腰，她的长发垂地，她的肢体弓起，他挡在她前面，又欢喜又嫉妒，他把她拉起来，在霓虹闪烁中自由摆动。书梅的眼睛、书梅的牙齿、书梅的乳房，在灯光明暗间跃动，他真想扑到她身上，想找一个无人的角落，狠狠咬她几口。

仙芳爱的是国标，她是国标高手，一板一眼，她不让他有任何发挥，不允许他多任何一个姿势，哪怕是轻微的摆动。

要干净利落，不能拖泥带水。早些年，仙芳热衷于带他去跳国标，每练习一个动作，她都要这样说。早前他并没意识到，以为她只是在说舞步，后来在不同场合都听到她这样说他，他才知道，仙芳是教他做人做事的方式。她不喜欢他腻腻歪歪，一件事情反反复复拖泥带水，她对别人说可惜她爸给他提供的好机会了。

他嘴上不说，心里却不以为然。他从她爸身上看到官场炎凉，人退休了，就意味着茶凉了。即使家里看似人声鼎沸，但那些人的眼神却早已是虚的，从进门的第一分钟，就在想着什么时候走。仙芳看不到，也不愿意看到。她有她的说法。她认为即便如此，也还是有机会，有多少人想见那些人，门都没有，人家就站在你面前，你自己不行动，又能怪谁？人怕人敬，她爸这一层关系就是让你走到人面前，让你有机会敬人家。

他的脑壳又疼起来了。他是在和仙芳一起时才意识到人有脑壳这一说的。他觉得脑子像被机器塑封了一遍，密不透风，憋得人想疯，想叫，想打人，想拿个金刚钻头把脑壳凿开。仙芳的身体也像被塑过，结实、有力，没有任何多余。乳房像两块光滑的圆石，质感凛冽，大腿像米开朗基罗的雕像，筋骨毕现，张力十足。他为自己感到羞愧。苍白的肉体、松弛的肚子、布满血丝的眼睛、越来越稀疏的头发、越来越软的“小弟弟”，他身上没有任何一个地方符合“干净利落”这一标准。

"小弟弟"真成小弟弟了。他又喝了一大口酒,像怕别人听到似的,四下看看,捂住嘴笑得止不住。任你如何蹂躏,我自岿然不动。床上的他终于称得上"干净利落"了,干净利落地不干活,毫无商量的余地。

一片阴影挡住了他。他抬起头来,看到一个人站在他面前。他抬头看看月亮,月亮已经降到楼群下面了。天越发黑了。路灯的光被裹在寒气里面,一点也发散不出来,像个散着微光的魔术玻璃球。天这么黑,人还有影子?他晃晃脑袋。废话,不就是夜晚有阴影才产生"路灯下的两具影子重叠在一起"这样的话吗?

那人的头发盖到眼睛下面,手里提一个大袋子。那人站在他面前,停了好一会儿,放下袋子,也靠住矮墙坐下了,就坐在他旁边。

一股臭酸的体味飘过来。他赶紧往远处挪

了挪。

那个人又往他这边挪了挪。不碰到他，但是，近到可以看到彼此面目的地步。

一张老人的脸。在头发没有遮住的地方，能够看到脸上纵横的皱纹。

那人从袋子里掏出一卷衣服一样的东西，递给他。他摇摇头。那根本称不上是衣服，也不是围巾被单之类的，就是一团乌糟糟的，看不出颜色、形状的布料，和他身上的衣着有点相似，层层叠叠的布料堆在身上，分不出外套、衬衫或裤子。

他用手撑地，试图抬起身子，他得逃跑。刚才那对年轻情侣已经如此，更何况这样一个乞丐。

可他浑身瘫软，手还没撑到一秒钟，就啪一下又坐到地上。他拿起酒瓶，又喝一口。鼓足劲，准备再来一次。

那人扭转头，看着他。他听到那人嘴巴叽叽响的声音。他假装没听到，暗自运气，想一蹴而就，一跃而起。

咂巴声越来越响。他一扭身，那人又挪近了一些，他身体紧张地绷起，那人匍匐着往他这边爬过来，头几乎快要挨到他了。他沿着那人眼睛的方位看过去，发现那人正盯着他手中的酒瓶。

他拿起酒瓶，那人的头也抬起来，他藏到身后，那人又往他身后去瞅。他高高举起酒瓶，一动不动，那人的头也仰起来，一动不动。

他看到那人的眼睛。一双渴望的、动物般的眼睛，紧盯他手中的酒瓶，喉结极速地滚动，似乎到了千钧一发的时刻。他嗅到了危险的气息。那是饥饿已久、突然发现猎物的野兽的目光。

他把酒瓶递给那人。

那人伸出双手，迅疾攫取，打开瓶盖喝了一大口，又一大口。然后靠到墙上，身体软了下去，长吁了一口气。

又是一个酒鬼。他哈哈地笑起来。他太熟悉那身体姿势了。一口酒下去，世界安定了，世界消失了，自己也消失了，看似是因为烦恼喝酒，其实只是招魂，给自己找个喝酒的理由而已。酒下到胃里那一瞬间的快感，抵过书梅柔软的身体，抵过仙芳爬上他身体操弄他一动不动的"小弟弟"时的复仇。

那人用手使劲擦了擦瓶口，递还给他。

他喝了一口，又给了那人。

老哥，你是咋弄的，也到这一步了？

那人不答，喝了一口酒，擦擦瓶口还给他。

你看我，说起来也是个国家干部，可不也是这样？谁到最后不是个死？你知道吗？我就是个倒霉蛋，生下来我爹就不要我，我妈也不想要我，只是因为我爹不要她她才要我。我好端端的大学毕业，我是学生会主席，我未来不可估量。可你看看，我现在，我都五十了，我还是个副调研员，正处级，虚的。那些浑蛋以前跟在我后面连屁都不敢放，现在，骑在我头上作威作福。

他流水般地说着，他说得太流畅了，像在脑海里演习了无数遍，这次只是出声了而已。

那人一句话不说，眼睛一直盯着酒瓶。那人在等着他递给自己。

我想不明白，我咋就到这一步了？凭啥倒霉的是我？你是咋了？老哥，你也说说吧。谁没有过酒醉时刻？真话如泉水喷涌，夜晚盛大，如一个巨型温暖的胃。胃，老哥，你知道吧，咱们现在坐在胃里，想喝就喝，不过是沧海一粟。

他喝了一口，又喝了一口。

那人闪电般地把酒瓶夺过去，喝了一大口，又还给了他。那人还得太匆忙，忘了擦瓶口。

老哥，不对啊，你那口比我大啊？他晃晃酒瓶，发现了猫腻，那人每一口都很大，仰着脖，嘴张得很大，酒瓶垂直往嘴巴里灌。

他抓住那人使劲摇晃，层层叠叠的布料从那人身上往下滑，臂膀露了出来。黑夜之中，那细细的胳膊闪着微白的光，皮肤脆弱，怯生生的。那不是一个老人的胳膊，是一个少年的，简直可以说，是一个孩童的胳膊。

他扭转过身，去扒那人的头发。那人躲闪着，但并没有多大力量，他把那人的头发撩开，看到光滑的额头和少年的眉毛。

那人还是个少年。一个年轻又苍老的少年。眉毛以上是一个稚嫩的孩子，青涩、羞怯，眉毛以下却是一个年老的资深酒鬼。那人眼睛中明亮凌厉的光只有在面对酒时才闪烁出来。

他呆住了。少年至多十七岁。他突然想到女

儿。女儿刚去国外时,也是这个年龄。女儿曾经半夜给他们打电话,电话刚接通,她就哇一声哭了。她说找不到一个人说话,不是没有朋友,而是根本就没有人。她会不会也在这样的晚上流浪在外?会不会像眼前的少年一样,眼神孤绝?

他呜呜地哭起来,他的心很疼,他的心肝宝贝肉,他唯一完全拥有过的人,唯一的爱。他又喝了一口酒。

少年直直地盯着酒瓶的运动,看到他喝一口,赶紧伸手来拿, 他一边把酒瓶藏到了身后, 一边说,孩子,你太小了,这样喝会出问题的。你不能喝,你回去找你父母,再回到学校,好好上学,只有上学了你才有可能往高处走,你得上学啊。

他边哭边说。他看着对面的少年,心里想着他的心肝宝贝,他想把少年打走,打跑,打到看不见。他的心肝宝贝有多久没和他正经说过话了? 她打视频电话回来只和她妈聊天，聊得最多的也是他如何如何不好。仙芳习惯在女儿面前数落他，那是她们之间唯一的话题。

少年直扑过来，压在他身上，去夺藏在他身后的酒瓶。

少年的身体很轻，力气却大得惊人，少年好像拼了命。

他也拼了命，他不能让女儿喝酒，不能让她在外面流浪。他要赶少年回去，回到安全的地方。他拿身体去抵抗那少年，少年的身体被弹开去，手却还紧紧抓着酒瓶。在少年弹起的一瞬间，他看到他的眼神。那是想要杀人的眼神。

他松开手，少年往后一个趔趄，倒在地上，又迅速爬起来，拎着袋子往另一边跑了。

远去的影子在地上扭曲着往前移动，像一张剪纸、一片树叶被风吹着往前翻滚，不知道要飘落到何方。

他的眼泪又要流出来了。他举起手，手是空的，他才突然醒悟过来，酒已经被少年抢走了。他浑身一阵颤抖，顷刻间嘴巴就饥渴难忍。后脑勺儿和肚子又疼起来。他需要一种液体，从口腔进入，顺着食道，进入胃，在胃里扩散、融化，再到每一寸皮肤。人们称那液体叫酒，就是它叫屎，他也会喝下去。

他用手撑地，后背靠着墙一点点往上蹭，终于站住了。黑的天往地上倒，地往上斜着去接黑的天。他也跟着往上斜。他走一步，往下掉两步。他要往回走，走到酒店，去找书梅。谁此时孤独，谁就永远孤独。

他扶着墙。墙没了，又扶着树，扶着电线杆。他抱着一棵树，丈量着下一棵树，以百米冲刺的速度跑过去。那棵树也跟着他跑，他左抱右抱，却一点也抱不住。

他来到小路的拐弯处。他记得这拐弯，拐过去就是小卖部了，再拐过去，就是高高的围墙门口的保安。他站在拐弯处，看着红绿灯，做冲锋状。红绿灯闪来闪去，根本没有规律，无论他姿势摆得多好，他都无法等到准确的指令。

那少年不知从何处又走回来，扶着他，默默走过马路。少年要放开的时候，他一把抓住少年的手，紧紧抓住，少年的手是空的。他拎起少年手中的袋子，往地上抖落。碗、筷子、烟盒、书、绳、破被单、梳子，哗啦啦都掉了出来。没有他的酒瓶。他抬头看着少年。少年睁着无辜的眼睛看着他，好像不知道他在找什么。好像他从来就不知道酒为何物。

少年蹲下身，把自己的宝贝一个一个捡起来，装回到袋子里，系好，挎到身上。

他们一起往前走。

小卖部里面漆黑一片，门口的几个霓虹装饰字也灭了,只留下字形的电线。

他急忙往围墙那边赶，他想看看那保安还在不在,想起他望着自己的眼神,他感到一阵温暖。少年快步跟着他,看不出谁在扶谁。

他来到小区的大门口。玻璃房外面的灯还在亮着,但是不见保安。他跑过去,扒着窗户往里看。保安伏在桌子上,鼾声大作,伴随着每一次鼾声,保安的身体都剧烈地抖动一下。他拍了拍保安的头,继续往前走。

远远地,他看见酒店的灯光。在周围错落的阴影中,在刀割一样的寒风吹过脸颊之时,在步履艰难之时,那灯光,确实如在茫茫大海之中看到的灯塔,是唯一的希望和温暖。

少年挣脱他的手,回转身,飞快地跑了。他听到少年袋子里叮叮咣咣器物相撞的声音。他想喊住少年，让少年把酒拿出来，让他再喝一口，哪怕只是一小口。他知道少年肯定把酒藏在某个地方。

四

他裹紧衣服，迎着酒店门前箭一般的穿堂风，往酒店的旋转门那边去。他站在门口，几次想进去，却找不到时机。门旋转得太快，他还没决定好就过去了。他往前蹦一下，又退回去，又跳一下，又回来。最后，他使劲拉住门，把自己塞了进去。

他抬起头往酒店里面看。

仙芳和他朋友站在大堂的中央，头对头说着什么，很焦虑的样子。然后，他们的头同时抬起来，朝旋转门这边看。

他试图站稳，稳稳当当地朝他们走过去。可地板太滑，他越想用劲站住，就越摇摇摆摆。他听见仙芳啊的一声，他朋友赶忙跑过来，扶住他。

有胜，你这是又喝了多少啊？

你咋来了？

你说我咋来了？电话打着打着不通了，再拨就关机了。

你咋跑这儿来了？

朋友看着他，满面讽刺地说，这还用想吗？就你这德行，还能上哪儿？

咋她也来了？他朝仙芳那边歪歪头。仙芳正关注着这边的形势，但并没有要过来帮他的意思。一看到他们往她那边看，仙芳扭身给了他一个脊背。

她知道上面吗？他又朝楼上仰了仰。朋友没有回他话，扶着他朝大堂那边的沙发区走过去。

仙芳跟了过来，递给他一只保温杯。她的身体姿势僵硬，连腰都不愿意朝他弯一下。他只好半屈着，起身接住杯子。

仙芳坐到另一边的沙发上，沉默不语。

你这样有几天了？朋友问他。

他不作声。

朋友又看向仙芳。

仙芳把头扭向另一边，说，你问他自己，你就只问他好了几天？

又怎么了？啥原因，又开始了？

那么，仙芳是早就知道我又开始偷偷喝了？她知道却一声不吭，直到我完全失控？要是朋友不打电话给她，是不是她今晚也不会管我？

你让她走，我不想见她。

你让我走？我还巴不得走呢。谁愿意守着一个醉鬼过日子？你以为我不知道你吃过晚饭到哪儿去了？你以为我不知道楼上有谁？你以为你为啥升不上去？你以为人家领导都是傻瓜，不知道你这样？

哎呀，你们别吵了。朋友大幅度地摆着手，像一个急着救人的救世主，藏着自以为是的傲慢。

果然，他噼里啪啦就开始说了。

没有仙芳照顾你能坚持到现在？别不知好歹。仙芳也少说一句，他心里也是苦闷。你得理解他，这是中年危机，谁都会有的。

中年危机。他最恨这样的定性。它毁灭掉你心里最深的那一块。你珍视的、舍不得放弃的，你纠结的、不愿意认命的那些东西——永恒的、永远不应该抛弃的，人们用一个“中年危机”，就把你的所有情绪解决掉。

他讨厌去看心理医生，他厌恶倾诉。你只要一张嘴，一切都变了。

可他到底在乎什么呢？到底不愿意放弃什么呢？他不知道。一点也不知道。

他看着朋友焦急、无奈的样子，突然间想笑。他捂住嘴，生怕自己笑出声来。

朋友是他唯一的朋友。他的任何事朋友都知

道。他的肮脏、他的苦闷、他内心那点小渴求，朋友都一清二楚。朋友善良，看不得他沉溺，每次他有问题时，朋友又着急，又耐心，耐心的程度远远超出一个朋友。有时候他在想，是不是朋友有善良依赖症，通过拯救他来显示自己的良心，以满足自己？

笑声从捂得严严实实的嘴巴里露出来，像闷罐子里的糖豆在蹦跳，又脆又闷，回声四溢。

朋友看着他，脸渐渐变白，可过了一会儿，又慢慢回到原来的颜色。

别在这儿胡闹了，赶紧跟仙芳回家，好好睡觉。明天你不是还要述职吗？今年很关键，仙芳说有好几个领导都表示过一定要解决，你这是三朝元老，没有功劳也有苦劳。牛部长也说过一定会给现任打招呼的。你服务他那么多年，他说话总还是有人听的。

朋友的口气就像说一个孩子一样。朋友把他当孩子了，一个孩子的无理取闹。

仙芳你说我是胡闹吗？我前女友有难，我来帮帮她，我算胡闹吗？不能分手了就老死不相往来了。更何况曾经也算是同路人，难道就该看着人家死吗？

你既然这样想，那干脆和我离婚，和人家过得了，在这儿磨磨叽叽干吗？又是哭又是喝，好像谁非不让你走一样。

你看，她还是不愿意我和人家有联系。怕我怎么样？说不定还真能怎么样呢。

他脑子里有个什么东西坏了，闸门失控了。他头晕乎乎的，可另一个他却清楚地知道他在挑事，在火上浇油。可他控制不住。他越清楚，越想说，他越说，就越畅快。

你就别说了，你来找前女友，你说还非得仙芳把她供起来不可？你自己和前女友咋回事是你自己的问题,和仙芳没关系,别天天拎不清的。

朋友在暗示他,不要把一切都抖搂出来,不要让自己难堪。可他已经控制不住自己了。像终于渡过险滩的河流,又来到一个高落差的山涧,它无法不让自己来个三级跳。那巨大的声响让他眩晕,那下坠的速度让他心惊胆战,却又充满快感。他由不得自己。

咋回事?咋回事你最清楚不是?最后一次见书梅是咱俩一起,你说我还可以和书梅好,你说只有和她好,我才能幸福,所以你支持我去给书梅道歉。

朋友站起来,说,你回不回?你要是不想回我就先走了,我明天还要上班。

急尿?不急,别走。又与你无关,你怕啥?仙芳都不生气,你还生上气了?

仙芳坐在沙发上,上半身保持着国标舞的姿势。她和朋友交换了一下眼神,像是面对一个胡闹的孩子，压抑着火气，尽力哄他，让他赶紧回到轨道上。可谁承想越哄，他却越来劲。他看到仙芳已经到了爆发的边缘了，马上就要雷霆震怒、河东狮吼了。

仙芳，这事还真得你帮忙，你找找你爸的老关系，看看能不能帮书梅把孩子要回来。她现在不容易，婚离了，钱也没分到，孩子不能再没了。

那你可以献身啊，多好的机会啊。这些年你不就一直怨我，因为我你没和书梅结成婚吗？现在也来得及。我爸没帮上你多大忙，但好赖也送你到正处的位置上，也算实现了你的当官梦。家里的两套房虽然是我爸找的优惠房，但钱是咱们出的，那就你一处我一处。女儿大了，回来想跟谁跟谁。存款你一半我一半。至于我爸我妈的房和一些存款，你就别想了，将来也是留给女儿的。这样可以吧？干净利落，谁也不欠谁。

仙芳的眼神里充满蔑视，她把他的一切努力都归到老头子身上了。她看透他了,他是个窝囊废、白眼狼,是一个外表嚣张、内心怯懦的人。

他的嘴里又饥渴起来。他紧紧攥着手,不让它发抖。他不能让仙芳看见。

好啦,想吵回家吵,大半夜的在酒店吵让别人咋想。

朋友总想息事宁人。

没有人关心他。没人。从出生到现在,他就是个没人爱、没人理的倒霉鬼。

你车里有酒没?

他看着朋友。

有没有?你拿过来,我再少喝一点。只一点。

没有。朋友叹口气,说,不能再喝了,明天还有重要事情要做的。别喝了,啊?咱们赶紧走,回家。

说着,朋友过来拉他。

你拉我干啥?我就想喝一点,再喝一点。你拿过来,我知道你有,谁的车后备厢里没装点酒?

没有。朋友提高了声音。真的没有,我又不喝酒,我闲得没事在车里放酒干吗?快走吧,别闹了,仙芳明天也要上班。

他浑身颤抖,牙死死地咬着,咯吱咯吱。他往地上吐了一口唾沫。他的眼泪又想流出来。渴,渴极了。他全身的每一个细胞都在渴望那冰凉的液体。

在他吐唾沫的同时,仙芳就赶紧掏出纸巾,她是想接住他的唾沫,可是根本来不及,唾沫呈抛物线状落到光滑的大理石地板上。仙芳蹲在地上,耐心地擦拭着。她不会放过任何表现她修养的机会,哪怕只有她自己。

朋友已经第三次说他胡闹了。第三次。他们就是这样杀了我,就是这样杀了我啊。

他一把推开朋友,大声喊道,就显得你能,在我面前耍威风,装老大,你现在不也还是个处级?

杨有胜！仙芳站起来，厉声喝道，别不知好歹，你看现在还有谁来管你，你那些酒肉朋友都到哪儿了？

别管我，我忍他忍得够久了，天天看我笑话，有完没完？这世界没有无缘无故的爱与恨，他这么热心干吗？

朋友站在他面前，居高临下，斜睨着他，似乎要把他看到尘埃里，平静地说，是，你说得对，是没有无缘无故的爱与恨，你还记得我有个弟弟吧？你肯定不记得了，你根本不会记起我的事情。他已经去世十来年了。吸毒死的。要不是想到他，要不是不想再看见这样的悲剧，我还真懒得理你。别人对你好，你永远不记得，别人对你不好，芝麻大点的事你却像谷种一样记在心里。我最看不起你们这种自私自利、自恋自怜的人，自己作死，非要让一圈子人跟着你受罪。

朋友的声音有点哽咽。

我就是想喝点酒。再喝一点，我就都好了。他低声嘟囔着。

朋友没有理他。

仙芳去挽他的胳膊，说，走吧，咱们到车那边去。车上有酒，你想喝就喝一点。

不喝了。我不喝了，行吧？

他甩开仙芳的手，努力稳住步子，朝着旋转门走去。仙芳向朋友示意了一下，跟在了他后面。

他站在酒店门口，朋友快步去取了车，停在他面前。

他看了朋友一眼，朋友直视着前方。

车里温暖的空气一烘着他，他的胃就开始翻江倒海。他拉开车门，来不及往路边跑，对着酒店正门口，哇哇吐了起来。

眼泪鼻涕挂满他的脸，他的眼睛被糊住了，头胀得像充了气。他张着嘴,冷风吹进他口里,又进到胃里,和着酒精,在他肚子里不停搅拌。他啊啊地吐着,胃不停往外倒东西,好像沉在肚子里最古老的渣滓都被翻了出来。

仙芳和他朋友站在一旁,没有过来帮他。他看见他们的脚,并在一起,一动不动。

一碰到座位,他就睡过去了。

他睁开眼睛,发现自己躺在床上。仙芳坐在床边,死死地盯着他。床头柜上,放着一碗黑黑的水。一股夹着醋、姜的味道飘过来,嗓子像被卡住了,他又干呕起来。

仙芳端起碗来,拿起汤勺,凑到他嘴边。他把头歪到一边。

这是仙芳的催吐大法。不知道在哪儿找的醒酒偏方,醋、红糖和生姜,还有什么,一起熬的醒酒催吐汤。世上最难喝的汤。

不喝他今晚是过不去的。他抹抹嘴巴，他不清楚她已经喂了他多少。

他转过头，头就着碗，一口气喝完。

仙芳一手拿垃圾桶，一手拿卫生纸，安静地等着他吐。

他吐了又吐。肝胆似乎被撕裂、撑破，最后，只剩下黄色的酸水。酸臭的味道充溢在卧室的每一个角落。仙芳打开窗户，一阵强冷风吹进来，吹到他的头上。他头晕目眩。他想哀求仙芳关上窗户，可看到仙芳的眼神，他连嘴都不敢张开。

他闭上眼睛，好让自己赶紧睡着。可胃像被火烧一样，疼得厉害。

他偷偷睁开眼，看到仙芳正直直地看着他。

说吧。

她说。

他看着她，尽量让眼睛充满疑问、痛苦和疲倦。

说吧，到底怎么回事？

没怎么，就是想喝点了。

她看着他。她不相信。为了表达她的不相信，她眼睛里甚至还带着点轻蔑的笑意。

说吧，我听听。

她的语调懒洋洋的。如同一头狮子，把玩着脚下奄奄一息的猎物，漫不经心却又势在必得。今晚的审问是躲不过去了。他从来躲不过去。他要是不张口，仙芳能这样看他一整晚。

真的，就是突然想喝了。你看我都忍三个月了。我有三个月没喝了吧？

她没作声，仍然意味深长地看着他。

我见到书梅了，看她过得不好，心里难过。

他紧绷的身体松弛下去，语调也变得轻松，反正也躲不过去，不如实话实说。

她仍然看着他。

真的。就是这样。索性再刺激她一下，他接着说，那么多年没见了，她还没怎么变，还很年轻。

是吗？就为这？

她不信。她盯着他，死死地盯着。猎物无处可逃。已然成为猎物，就别想逃脱。

巴格达迪死了。

他说。心中突然燃起一股怒火。

谁?!

巴格达迪。

他是谁？那和你有什么关系？

他自己死了不算，他美丽的妻子也跟着殉情了，还带着三个孩子一起死。他死得像一条狗，死得像个懦夫!

他亢奋起来。高中时代，他跟着镇上的几个混混儿在 KTV 唱 RAP 说唱音乐，那时候 RAP 说唱音乐刚刚流行，他们是镇上仅有知道的人。他用长发盖住眼睛，把裤腿剪开，嘶哑着嗓子，大喊大叫。他喜欢这带着节奏的大喊大叫，像极了被惹怒了的仙芳的叫骂声，它们都是世界上最优美的音乐，蕴含着真意。它们是大众最真实的情绪，和这世界对抗，和这总想显得正经、总想制造秩序的世界游戏到底。节奏已经刻在他骨子里，流在血液里，他时时在唱，时时在说，可只有在他喝酒时，他才能说出来，唱出来。

别扯那些有的没的。别把自己想得太伟大了。你喝酒，是因为你抗不了压力，你害怕明天的述职，你接受不了失败。就这，其他啥也没有。

仙芳斩钉截铁地说。

你不明白，你永远不明白我在想啥。

他嘶声叫着，恶心，你看这世界，从头到尾都让人恶心。

你就没想过，你是这所有恶心中最让人恶心

的？仙芳轻笑了一声，收拾碗勺，关上窗户，到卫生间去了。

他听到一阵哗啦啦的声音。仙芳在撒尿，过了一会儿，她就要躺在他旁边，和他在同一张床上沉沉睡去。

五

他努力张开手，又往一起攥，握成拳头。他要行动，他必须行动。他不能这样坐以待毙。他要去找书梅，他不再奢求他们还能和好，但他会帮她，彻底地、无所求地帮她。他放松了一些。手握在了一起，他对着镜子，用劲握了两下，加油！他在心里对自己说。他打开柜子，喝了瓶子里的最后两口。他把手机关了机。这让人恶心的世界，让它下地狱去吧。他不再卑躬屈膝，不再接受他们的怜悯。他不要那个正处了，不要那些肮脏平庸的人可怜他，他们才是这世上最可怜的人。

他听到仙芳的声音越来越近。

啊，应该不会。他还在卫生间，可能信号不好。

仙芳应该在频频点头，脸上肯定展现着可人的、温暖的微笑，说，好、好，那也是个好去处。真是太感谢了，你们都为他操碎了心，以后再发展就看他自己了。谢谢，谢谢。我去跟他说一下。

他赶紧按下手机的开关键，把手机反扣在柜子边上。

仙芳进来了，还裸着身体，说，看看你手机，你领导说给你打电话打不通。

不会啊，一直开着呢。

你领导说已经基本上确定，你可以调到××银行任××部部长，实职。

他的心微微荡漾了一下。

你赶紧找找你手机，别一会儿领导又打来。

他假装四处找，感觉心逐渐放松，像花慢慢开放一样。他假装在毛巾下面找出倒扣着的手机。手机上那被咬了一口的银苹果还没消失。他看了仙芳一眼,仙芳头往上仰着,避开他的眼睛,踮着脚尖,以舞姿走了出去。

呀,你看,你看。仙芳突然在衣帽间大叫起来。

他赶紧跑出去。

仙芳手指着衣柜的上方,颤声说,蜘蛛网。呀!上面还有只小蜘蛛,太恶心了。

他往左上方望去,看见开放式的衣柜最上层拐角处,一个大大的蜘蛛网悬在那里,一只蜘蛛在正中央,一动不动。仙芳每天都打扫房间,一个有洁癖到扭曲地步的人,居然把这只大蜘蛛给漏下了。

他到卫生间,找到一把全新的厕刷,回到衣柜前,举起厕刷,只一下,蛛网便被粘下来了。

那边,那边还有。仙芳一边踮起脚尖,脖子挺得笔直,努力往上举着,眼睛四处逡巡,一边说,最讨厌这种小东西,眼瞅不见就结的到处都是,死不绝迹。

仙芳的手指向哪里，他的厕刷就打向哪里。左边、右边、中间的衣柜都被扫荡了一遍，黑色的厕刷毛上粘了厚厚的一层白色蛛网，几只蜘蛛被裹在网中，有的百般挣扎，有的呆若木鸡。

仙芳用指尖捏着柜子最上一层的衣服往外拉，层层叠叠的衣服掉到了地板上。仙芳从上面跳过去，跳到卫生间里，把抹布扔到水池里，拿出消毒液倒在抹布上面。仙芳带上塑料手套，把抹布拧干，折回衣帽间，踮起脚尖开始擦柜子。

他把堆在地上的衣服踢到一边，拿着厕刷进了卫生间。他按下抽水马桶的按钮，把厕刷放进马桶里，使劲在马桶壁上擦洗。轰隆隆，水冲了下去。他拿起厕刷，还有一些蛛丝缠在毛刷缝隙里。不过，非常非常少，如果不仔细看，根本看不出来。

回到衣帽间，仙芳还在柜子上使劲擦。他的那套深蓝色西服挂在旁边。

赶紧去洗个澡，一身酒味。

他重又回到卫生间，打开花洒，温热的水冲到头发上，冲过他的脸，朝身体四周漫延，他像被层层包裹着，安全舒适。

穿上象牙白细蓝格的衬衫，套上西服。镜中的自己，持重、得体。他轻轻哈口气，头往前伸着闻了下，还有些许酒的味道。他回到卫生间，拿起第四个漱口水的瓶子，含了一大口，接着仰起脖子，搅动舌头。玫瑰味的液体在上腭、下腭、牙缝里来回洗涤，微麻、淡香的味道充溢到口腔的每一个角落，他只觉得浑身清爽，焕然一新。

他踏出卫生间，来到卧室，穿过大厅，到玄关坐下，穿上鞋子，拿起包，打开门。

在关门的一瞬间，他听到了仙芳的手机铃的声音。

仙芳接通了电话。她说，总算走了。他们领导说了，人家那边也多少知道他有这个毛病，就看人家给不给面子。唉，且得闹一阵子呢。你等一会儿过来接我，我去见见那个书梅。他真要是再折腾，我也就不管不顾了，这些年我也忍够了。

那边应该是在劝仙芳，仙芳一边听电话，一边发出嗯嗯的声音，说，知道了，知道了，你放心。仙芳的声音竟然带着点温柔和撒娇，好像一个小女孩在听恋人的絮絮情话。

他感到口腔又渴了起来，他想念那冰凉的液体进到嘴里，滑进食管，进入胃部，最后在胃部暖暖燃烧起来的感觉。

他轻轻关上门。在门口站了好一会儿，他不知道自己还能往哪里去。

六

杨有胜在那条街上已经徘徊了好几个小时。

有时,他举起酒瓶,晃晃里面的酒,让它发出哗啦哗啦的声音。有时,他站在路灯下,仰着脖子,喝上几口,大声咂巴着嘴,那咂巴声在寂静的夜晚传出去好远。

一个身影跟在他后面,近到他都能踩到影子了,又倏然逃脱。

这是杨有胜遇到那个男孩子的第十天。换句话说,这一次醉酒,已经持续十天时间了。他似乎还没有清醒过来的迹象。他白天在家喝酒、睡觉,晚上出来找那男孩子。他觉得他和那男孩子之间有约定。

述职的事情已经非常遥远了。当他坐在那些人面前,看到他们互相交换眼神的那一瞬间,他就知道他没戏了。人家只是看在老领导的面子上,让他走走过场。他反而放松了。他坐在那里侃侃而谈,既谦逊低调,又咄咄逼人,他拿出他学生会主席的自信,讲述他对部门发展的规划、他未来要做的事情、他如何分步骤完成,既高屋建瓴,有政策高度,又具体细致,有可操作性。他讲得很好,旁边记录的小伙子埋头猛记。他知道,他想到的这些,他们根本想不到。只要他好好的,他做的会比他说的还好。

只要好好的。所有人也都知道这一点。但是,是"只要"。

过不了一个月,他这次述职的内容就会变成部委宏观政策的一部分,下发到各个单位,去领会、完善,进一步细化。领导也会让他做个顾问,让他全面指导。别人几天没弄明白的事情,他三言两语就能说清楚,他有这能力。当初,他就是靠这一能力被调到部委的。和仙芳没有关系,一点关系也没有。

可总有一个地方在坍塌,总是过一段时间,就会决堤。他眼睁睁地看着堤坝坍塌,看着自己一次次把手伸向那前三瓶“漱口水”,看着自己一次次走向小卖部，看着自己在酒场上闹酒。他阻挡不住。那个地方定期坍塌,像女生的月经,像这北方城市的四季更替。

崩溃、喝酒、哭泣、游荡、不省人事。再到某一天醒来,他决定不再喝了,于是,一切又恢复如常。

瘦小的身影站到了他前面。还是前几天的那套行头。

他把手里的酒瓶藏到身后。他决心不让那男孩抢到。

他打开背包，掏出准备好的一套运动外衣、秋衣秋裤，连内裤都买了。他递给那个身影。孩子一动不动，脸浸在阴影里。他看不清楚男孩的表情。

都是新的。

那孩子往后退了退，没有伸手。

他把衣服又塞回背包，连同背包一起递给那孩子。

你，是离家出走？看你的小胳膊，细皮嫩肉的。

他假装很随意地和男孩聊天。

对面的身影伸出右手，伸向他藏在后面的左手。

他索性坐了下来，坐在地上，把酒瓶放在腿上。

那男孩也坐了下来，手仍然伸着。男孩的脸被路灯的光照亮了一些。一张惨白的脸，一双饥渴的眼睛。

男孩根本没听他在说什么，男孩一心想着他的酒。

你看,你还小,总还得上学吧。老在外面也不是事,你爸妈肯定在外面找你。

他把酒递过去。那孩子一把抢过去,咕咚喝了一大口,又还给他。

你要是信任叔叔的话,说个电话号码给叔叔，叔叔去和他们说。

他也喝了一大口,一边把酒递回给那孩子,一边说。

那孩子没有接酒瓶,眼睛紧紧盯着他,手抓起放在一旁的袋子,飞一般地跑了。

不是,我没叫警察,你误会了,我没叫警察,我是说你父母。

他在后面高声喊着。

那孩子跑得更快了。

他举起酒瓶，咕咚咕咚，连喝几大口。

他怎么这么傻，他根本就不应该提“警察”，更不该提“父母”。

找到这个小男孩，是他这些天来唯一的行动。

仙芳肯定已经打电话告知了他单位，他知道领导和同事提起他时的语气、表情。他们商量着怎么应付他，他们想把他骗到医院，但又不想承担责任，在见到他时又不约而同地显出若无其事的样子。

男孩越跑越远，快到围墙转弯的地方，男孩停了下来，扭头看他。

他想加快步伐，追上那孩子。

他发现他一点也走不动了。他靠着围墙，一点一点往地上滑，仰躺在地，一动不动。他动不了了。

他感觉到他的手在不停地抖，心脏移到了嗓子的位置，原处却一直空着。他恶心，难受，晕得厉害。

那男孩的身影虚在路灯下，像一个小小的鬼影。过一会儿,他开始往杨有胜这边走。

他站在杨有胜面前,头低下来,看着杨有胜。

杨有胜也看着他。

孩子,我只是想问你,你是无家可归,还是离家出走？要是无家可归的话,叔叔收留你,供你上学。要是离家出走的话,麻溜回去,你爹妈肯定急疯了。

汗从杨有胜身上所有的毛孔往外钻，好像这几句已经拼尽了全力。

孩子定定地看着杨有胜。待了几分钟,他从刚才抢走的袋子里掏出一瓶小二锅头,递给杨有胜。那是杨有胜给自己藏的，又从自己的破烂袋子里掏出一片东西,递到杨有胜手里,是一块巧克力。

他做这些动作时非常沉着。杨有胜几乎可以

确定，这孩子是离家出走。

孩子，你得回去，好好上学，考个好大学，娶个好老婆，过上好日子。你看我，这辈子，一件事情做错了，就全盘错了。所有人都在惩罚我，所有人，包括我自己。

那男孩一直盯着他，眼神中带着漠然，似乎完全没有听懂杨有胜的话。

你得回家。孩子，你必须回家。等有一天你像我这样无家可归，再后悔就来不及了。

他感觉到心脏从嘴巴里跳了出来，跳到地砖上，兀自舞着。他歪垂着头，一动不动。

他打了电话给书梅，话还没说出来，先呜呜哭了起来。这说明事情已经起了变化，一切又回到了原点。他帮不了书梅，也帮不了自己。他只想念那冰冷的液体滑过喉咙又流入胃部四溢开来的感觉。

他感觉到那个男孩在戳他的脸，又使劲拉他的胳膊。迷迷糊糊中，他站起来，跟着那孩子走。

过那段长长的围墙，是一个小公园。那男孩熟练地钻过黑色的铁栅栏，继续往里面走。

公园里面黑乎乎的，经过一个公共厕所、一片树林，转过去，是一个废墟般的二层小楼。其实就是废墟。窗户洞开着，楼顶也掀了一半，夜色之中，残缺的白墙上还能看到大大的“拆”字，围住“拆”的那个朱红圆圈往下滴着血。实际上，他根本看不出那个圆圈是红色，但那一定是红色。

每一个墙角都盘踞着一个或两个人，有的靠在墙角，身上搭着一层层说不清什么面目的东西，有的躺在破烂木板上，身上也堆得一层一层的。也有非常整齐的，用残砖垒出的一个空间，砖上面放着书、水、蜡烛等日用品。还有用床单拉起，挡出一个空间的，不知道里面躺的是什么人。

看到有陌生人进来，那些人赶紧起来，有人慌忙藏东西，有人站起来作势往外走，也有人握着拳，充满戒备地看着杨有胜。

那男孩谁也不看，一路上到二楼。二楼拐角处有一个小小的房间，房间的门非常完整、结实，上面挂一把大铁锁。他从脖子里掏出一根长长的线绳，线绳上坠着一把钥匙。他打开锁，推开房门，点燃蜡烛。

杨有胜看到，这竟是一个小小的家。一个单人床垫子靠墙放着，上面的被子并不干净，但也足够保暖，被子上还扔着几本教材样的书。墙上一排吸钉，挂着衣服、背包、袋子，在靠门的墙角，有一个带拉杆的书包，书包开着口，杨有胜看过去，里面密密实实塞满了书。

看到杨有胜在看他的书包，男孩子把手上的布袋扔到书包上。

你上几年级啊？高中，还是初中？

杨有胜看着眼前这个瘦小的孩子，在蜡烛幽微的光照下，这孩子又远又近，说不出的古老。他走过一楼目不斜视的样子，他环视他领地时的笃定，都显示出他的老练和世故，但还是幼稚，小就是小，无论多老成还是小。

杨有胜一屁股坐在床垫上，扯掉男孩压在书包上的布袋子，抽出书包里的书。

高二课本。书封上写着省城最著名的高中的名字。

他一本本往外掏，课本、练习册、卷子，都是崭新的。

他抬头看那男孩，胃里翻江倒海，他说不清楚是酒让他恶心还是他看着这孩子太难受。

男孩正专心从自己的大布袋里掏东西，快用完了的牙膏，沾了脏物的方便面，没有盖子的保温杯,很旧但颇为干净的围巾、床单……那个布袋好像一个百宝箱,怎么掏也掏不完。

你怎么不上学了?孩子,你不能这样,你爹妈该要着急死啊。你不能这样啊,不能这样。

他说着说着,眼泪就要流出来,心像被电击了一样,疼得扭成一团。他扑倒在床垫上,哽咽得不能自已。

他看到天花板上大片的水渍,好像有水要滴下来。他看到四面墙朝他压下来,那男孩站在正中央,手朝他伸过来。所有的一切都朝他压过来,他即将被恶狠狠的黑暗吞噬掉。一片黑暗,永恒的黑暗。他感到前所未有的轻松,头、肩膀、双手、双腿都松软舒服,像被游泳池里的水托着一样,懒洋洋的,如在天堂。

杨有胜睁开眼睛,脑子一片空白,不知道自己身在何方。

天已经大亮。那扇小窗户射进来的光刺得他头晕眼花。

他掀去盖在身上的被褥,被褥潮湿、肮脏,压得他喘不过气来。他闻到一股股发霉的气息,这几平方米的房间里充斥着无数垃圾一样的物品,它们被卷着、压着,宝贝一样塞在各个地方。

他想起男孩的书包。书包里的书上有孩子的姓名。他要帮助这孩子回家。

他感觉自己有了力量。他不能救别人,不能救自己,不能救书梅,救这样一个孩子总可以吧。

书包不见了。那个大布袋也不见了。昨天他带给那男孩装衣服的背包也不见了。

他摸摸口袋,口袋里的钱包不见了,手机也不见了。他又一次感到口渴,渴得浑身难受,像有蚂蚁在他身上爬来爬去,又疼又痒,坐卧不安。

他从床垫上坐起来,看到一个二锅头的瓶子

放在地上，里面还有半瓶酒。他拿起酒瓶，颤抖着手，拧开瓶盖，仰头喝了一大口，随着冰凉的液体下肚，他感觉放松了许多。

他站起来，打开房门，穿过瓦砾，走下楼梯。楼下的四角也空空荡荡，他揉揉眼睛，往各个房间去看，昨晚他明明看见原始穴居一样的人，东一堆西一个，睁着眼睛看他。

可现在，什么也没有。堆在身上的破烂、砖堆成的领地、书、水、蜡烛、人都不见了。

干干净净。都不见了。就像他自己一样。他不知道他的前半生到底做了什么，他一想起书梅就想哭。可是，哭也只是哭而已。

他想起昨晚在陷入沉沉黑暗前对男孩说的话，他说他要到那个中学去，他已经知道男孩的名字，他肯定能找到男孩的父母，让男孩的父母来接男孩，他希望男孩回到学校，重新开始读书。他没有看到男孩在听他说话时的表情，他沉浸在救人的喜悦之中，也被越来越浓的困倦所击倒。

他又做错了什么？

他得找到那孩子，他要问问男孩，为什么不想回家。世界上还有比家更温暖的地方吗？他脑子里闪过这句话时，同时闪过仙芳那干瘪的身体，那盯着他看他喝下去醒酒汤的眼睛。他打了个寒战，却又莫名感到一阵湿润的暖意。

他走出废墟一样的小楼，走过那片阴森的竹林，跨过那个黑色的栅栏。巨大的声音轰过来，把他包裹在里面。他闻到了熟悉的汽油味、油条包子的味道，还有他早已忘掉的人声鼎沸的味道。他喜欢走在人群之中，他是安全的、自由的。他和他们毫无干系，但他爱他们。如果仙芳此时也在这人群之中呢？毫无疑问，他也是爱她的。

他要找到那孩子，让男孩白天出来，让他看看万物生长,显现本来的力量,看看人是多么渴望活着的动物,让男孩知道,不管怎样,生命是自己的,沉沦是给别人看的。

其实你兀自开放,是更美的存在。他感觉自己想明白了什么,他为自己的想法而激动得发抖。

杨有胜摸出口袋里的二锅头,狠狠地喝了一大口。